INHALT

Kapitel 108: **Das Wiedersehen** 003

Kapitel 109: **Zart des flüchtigen Scheins** 021

Kapitel 110: **Die Heldengruppe** 041

Kapitel 111: **Begleitschutz** 057

Kapitel 112: **Vertrauen** 077

Kapitel 113: **Der Kaiserhöllendrache** 095

Kapitel 114: **Das Heldenschwert** 115

Kapitel 115: **Freunde** 133

Kapitel 116: **Der Rückkehrzauber** 153

Kapitel 117: **Eine wundersame Illusion** 171

Kapitel 108:
Das Wiedersehen

FRIEREN
NACH DEM ENDE DER REISE

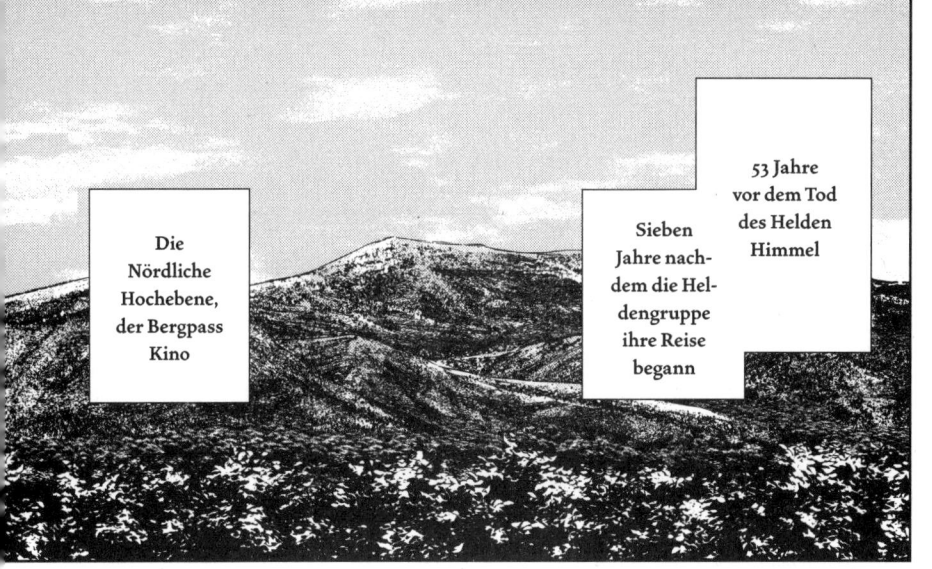

Himmel
...

Ja
...

Was ist hier bloß passiert?

Oho!

Er ist schnell.

Er ist verschwunden?

In den Aufzeichnungen der legendären Großmagierin Flamme steht Folgendes geschrieben:

»Zwischen der Magie der Dämonen und der der Menschen klafft ein himmelweiter Unterschied.

Wir haben wohl keine Wahl.

Was soll das jetzt...?

Den wunden Punkt ...

... von uns Menschen werdet ihr Dämonen wohl niemals begreifen.

Auch gut.

Dann lassen wir das.

Überraschend.

Obwohl sie sich in dieser Lage befindet, schießt sie auf mich.

Frieren hat die Verhandlungen für beendet erklärt.

Ein präziser Schuss auf weite Distanz, und das aus freiem Fall heraus.

Ohne intensive Übung in der Luft sollte das kaum möglich sein.

Die Zauber aus dieser Zeit sind zwar mächtig, aber vergleichsweise langsam.

Wäre das ein Zoltraak gewesen, hätte ich den Kampf entschieden.

Verdammt!

So langsam sollte ich meinen Fall stoppen …

Ich muss ruhig bleiben.

Sollte ich durch den Rückstoß ins Schleudern geraten, sterbe ich beim Aufprall.

Diese Elfe ist tatsächlich gelandet. Unfassbar.

Was für eine präzise Magiekontrolle ...

Natürlich entgeht ihm das nicht.

Ich muss ihn hier und jetzt beseitigen.

Was ist das für eine heftige magische Reaktion?

Sieh an.

Die Sache ist spannend geworden.

Sehe nur ich das? Sie fliegt.

Und den Dämon hat sie gleich mit erledigt.

FRIEREN
NACH DEM ENDE DER REISE

Kapitel 110:
Die Heldengruppe

... denn gelungen, den Dämonenkönig zu besiegen, Frieren?

Ist es uns ...

Also das ...

Tut es wohl.

Das spielt doch gar keine Rolle.

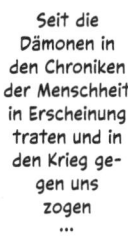

Seit die Dämonen in den Chroniken der Menschheit in Erscheinung traten und in den Krieg gegen uns zogen ...

... herrschte der Dämonenkönig an ihrer Spitze über seine Artgenossen.

Zahllose namhafte Helden forderten ihn heraus.

Doch keinem von ihnen gelang es, ihn zu besiegen.

In der Tat.

Selbst der Held des Südens war dazu nicht imstande.

Frieren ...

... ich frage mich, ob die Menschheit in achtzig Jahren noch immer gegen die Armee des Dämonenkönigs kämpft.

Ist es uns gelungen, etwas auszurichten?

Was erhoffst du dir bitte mit dieser Frage?

Aber Himmel ...

Wenn ihr jetzt hört, dass wir es nicht schaffen, wollt ihr dann einfach aufgeben?

Nein, oder?

Dort gibt es eine Magier-gilde und auch eine Kirche.

Vielleicht finden wir ja einen Anhalts-punkt.

Lasst uns erst mal zur nächstgele-genen Stadt gehen.

Die ganze Sucherei hat uns nicht weitergebracht.

Keine Hinweise weit und breit.

Die Sache wird sich wohl in die Länge ziehen.

...

Das macht nichts.

Ich bin ja nicht in Eile.

Und irgendjemand muss diese Aufgabe ja übernehmen.

Außerdem ist mir klar, dass es in der Nördlichen Hochebene viele Orte gibt, an denen es von Monstern nur so wimmelt.

Ich hätte ihn allerdings ignoriert.

Ganz die Alte ...

Frieren ...

Das sind Monster.

Verstecken Sie sich bitte in der Kutsche.

Jawohl!

Schildträger an der Front und dahinter Schützen.

Die kämpfen nicht zum ersten Mal.

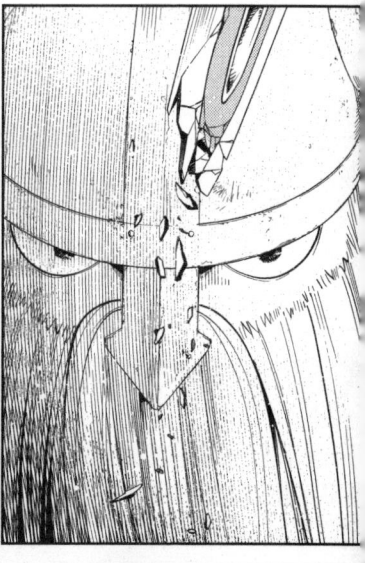

?!

Ein Zangenangriff, was?

Ich kümmere mich um die hinteren Angreifer.

Kein einziger Kratzer?

Du bist einfach nicht totzukriegen, du Ungeheuer.

Dank dir brauche ich mir keine Sorgen um meine Rückendeckung zu machen.

FRIEREN
NACH DEM ENDE DER REISE

Letztlich konnten wir in diesem Dorf nichts über den Gedenkstein in Erfahrung bringen.

Der Weg war umsonst.

Ach so.

Der Weg sieht in der Tat beschwerlich aus.

Wieso wurde dieses Kloster auf einem derart jähen Felsvorsprung errichtet?

Nun ja. So extrem wie in diesem Fall ist es, denke ich, selten ...

Um Enthaltsamkeit zu lernen, werden Mönche nicht selten in extreme Umgebungen entsandt, wo sie sich selbst versorgen müssen.

Es ist Teil der Ausbildung.

Frieren.

Kannst du nicht dorthin fliegen?

Ach ja, stimmt.

Mich würde dabei bestimmt jemand sehen und das darf nicht passieren.

Tief in mir sagt eine Stimme, dass wir den Dämonenkönig niemals bezwingen können ...

Ein Teil von mir denkt, es sei unmöglich ...

Verschroben bin ich auch jetzt noch.

Doch mit Himmel könnte es uns vielleicht gelingen, den Dämonenkönig zu bezwingen und der Welt Frieden zu ...

Schon gut, ich hätte das Thema nicht anschneiden sollen.

FRIEREN
NACH DEM ENDE DER REISE

Kapitel 113:
Der Kaiserhöllendrache

Ihr möchtet mehr über den Gedenkstein der Göttin erfahren?

Fällt Ihnen etwas ein?

Ja, wir verstehen.

Wenn ihr selbst im Archiv des Klosters nicht fündig geworden seid, können wir euch nicht weiterhelfen ...

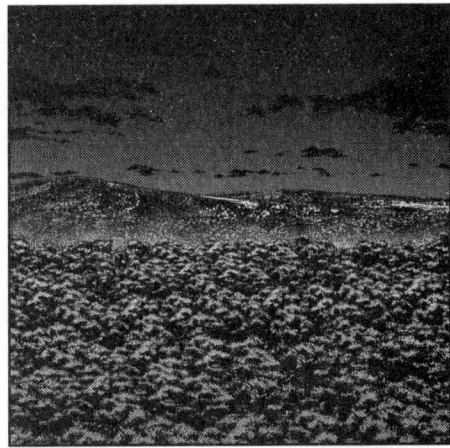

In der Nördlichen Hochebene gibt es verstreut Siedlungen.

In den älteren Dörfern der Region könnten noch Volkssagen oder mündliche Überlieferungen existieren.

Uns bleibt wohl nichts anderes übrig, als fleißig weiterzusuchen.

Volkssagen und Überlieferungen ...

Das ist tatsächlich denkbar.

Sei es auf einer Klippe ...

... im Tal einer Schlucht ...

... oder auf einer abgelegenen Insel inmitten eines riesigen Sees.

Jetzt, wo du's sagst.

Die Siedlungen, an denen wir bisher vorbeigekommen sind, befanden sich oft an schwer zugänglichen Stellen.

Ist das für euch Zwerge nicht normal?

Stimmt.

Ich habe ganz schön gestaunt, als wir in einer Höhle auf eine Siedlung gestoßen sind.

Was hast du für ein Bild von uns?

Wir haben ihn besiegt!

Dieser Drache war ein furchtbar mächtiger Gegner …

Himmel, deine Schulter hat es erwischt …

Ich heile dich jetzt …

Der einzige Unversehrte von uns wirkt, als würde er gleich abkratzen.

FRIEREN
NACH DEM ENDE DER REISE

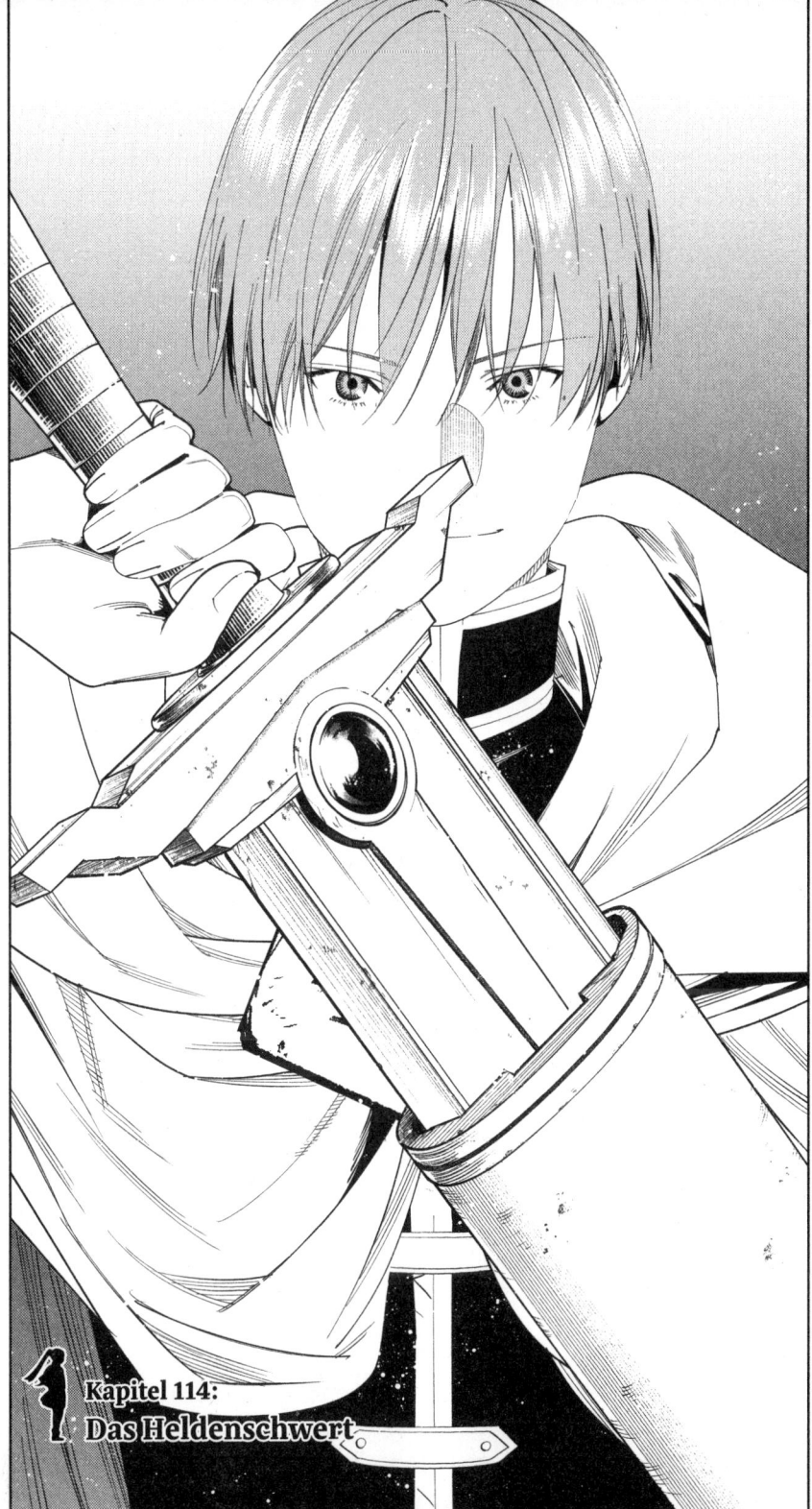

Kapitel 114: Das Heldenschwert

Wieder sind wir nicht fündig geworden.

Das stimmt auch wieder nicht.

Unsere Mühe war vergebens.

Dieses Gebiet wurde erst vor Kurzem erschlossen. Unser Dorf ist daher noch jung und ...

... Überlieferungen über den Gedenkstein der Göttin gibt es keine.

Du bist also dieser Himmel …

Du kennst mich?

Da verbreiten sich Gerüchte, die Hoffnung versprechen, im Handumdrehen.

Je weiter man sich in den Norden begibt, desto größer ist das Unheil, das die Armee des Dämonenkönigs verursacht.

Würdest du mir im Gegenzug dafür deine Klinge zeigen?

...

Ich will das Heldenschwert in seiner ganzen Pracht betrachten.

Himmel ...?

Sicher doch.

Es leistete Großes, ganz so, als wäre es das echte Heldenschwert.

Das war es wohl, was es sich wünschte.

... ich danke dir, dass du mein Schwert bis hierhin mit dir getragen hast.

Held Himmel ...

Für diese Worte ist es noch zu früh, Kiesel.

Folgt ihr diesem Bergweg, kommt ihr zu dem Dorf, in dem ich einst gelebt habe.

Mittlerweile ist es ein einziges Monsternest.

Doch seid auf der Hut.

Kapitel 115:
Freunde

Ey, Himmel!

Erst hältst du so eine feurige Ansprache und jetzt stecken wir in der Bredouille!

Das sind einfach viel zu viele!

Den Grundriss des Dorfes habt ihr euch ja mit Kiesels Zeichnung eingeprägt.

Lasst uns möglichst die Gebäude nutzen, um uns durch das Dorf zu bewegen.

Gut.

Wir dringen von hinten in das Dorf ein.

Er bewegt sich nicht vom Haus des Dorfältesten weg ...

Beobachten wir fürs Erste, was passiert.

Wir wurden von Frieren und Eisen getrennt ...

Die beiden könnten versuchen, mit Gewalt voranzupreschen.

Doch. Um die brauchen wir uns sicher keine Sorgen zu machen.

Übrigens, dieses Gebäude ist doch ...

Ja, das ist durchaus möglich. Unser Ziel liegt schließlich direkt vor uns.

Aber darum machen wir uns Sorgen, wenn es so weit ist.

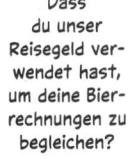

Sagt nicht, dass es wieder umsonst war.

Mir reicht die ganze Plackerei für nichts und wieder nichts.

Endlich fühlt sich das Ganze wie ein Abenteuer an.

Oh!

Gefunden!

Hier steht etwas über den Gedenkstein der Göttin.

FRIEREN
NACH DEM ENDE DER REISE

Du musst also bloß den Zauber aus diesem Kapitel anwenden?

Und, Frieren? Was steht in dem Buch?

Ganz so einfach ist es leider nicht.

Hier steht, dass der Name des Rückkehrzaubers in den heiligen Schriften, im Kapitel des zeitreisenden Vogels, zu finden ist.

In diesem Kapitel wurde noch nie ein Zauber gefunden.

Und das in den 1.500 Jahren, seit die Göttin uns die heiligen Schriften hat zuteilwerden lassen.

Kein einziger.

Die Analyse könnte sich so lange hinziehen, dass ich mich in der Zeit wiederfinde, aus der ich gekommen bin.

So viel Zeit kann ich leider nicht aufbringen.

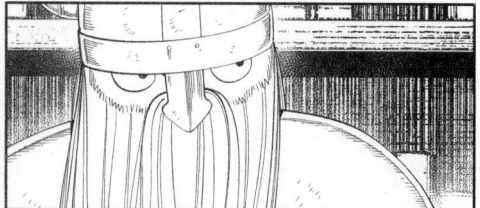

»Der Lauf der Zeit lässt sich nicht umkehren.«

Das Prinzip der Irreversibilität:

Wir Dämonen müssen uns also selbst gegen solch ein Monster behaupten.

Die Schöpferin von Erde und Himmel.

Dieses Grundprinzip der Welt bleibt von der Evolution der Magie unberührt.

Das Raum-Zeit-Gefüge zu verzerren ist im wahrsten Sinne des Wortes göttliches Wirken.

Solitär ...

Sag mir, Frieren ...

... welch wundervollen Tod hat mein zukünftiges Ich erfahren?

Ich weiß.

Der Wille des Dämonenkönigs ist absolut.

Die Heilige des Untergangs	Die namenlose Großdämonin	Einer der Sieben Weisen der Zerstörung	Der Blutverschmierte
Tod	Solitär	Der Wundersame Grausam	Rivale

... und töten sie, bevor sie zurückkehren kann.

Wir rauben Frieren ihr zukünftiges Wissen ...

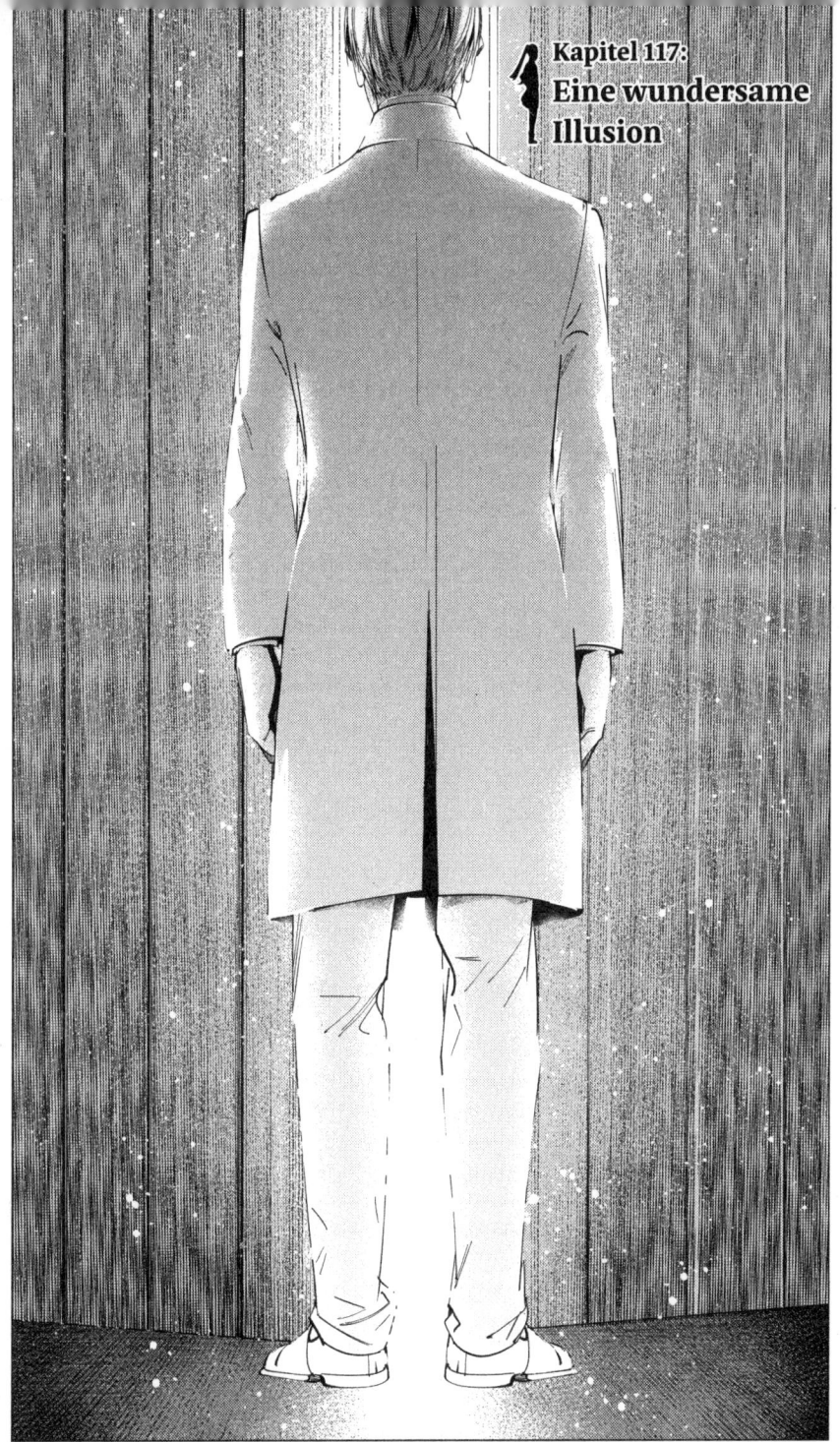

**Kapitel 117:
Eine wundersame
Illusion**

Zart, der den Gedenkstein überwachte, hat mir nicht mehr Bericht erstattet.

Daraus können wir mit ziemlicher Sicherheit schließen, dass eine Raum-Zeit-Verzerrung eingetreten ist.

Nach Auffassung des Dämonenkönigs ... ... ist das Bewusstsein von jemandem aus der Zukunft achtzig Jahre in der Zeit zurückgereist und hier gelandet.

Wer weiß.

Er hat bis zu seinem Tod nicht viel über die Zukunft erzählt.

Glaubst du, dass Schlacht das in seinem Plan berücksichtigt hat?

Und das steckt in der jetzigen Frieren?

Auf jeden Fall ...

... sind die erhabenen Gedanken von jemandem, der die Zukunft mehrere Milliarden Male gesehen hat, für uns unbegreiflich.

Eisen!

Achtung!

Da hält sich wer versteckt!

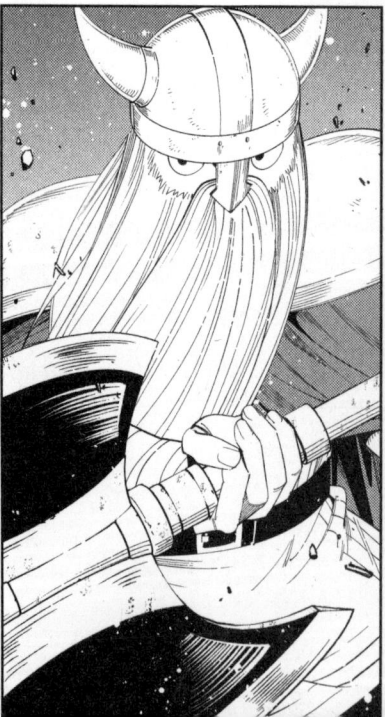

Es ist also Solitär, die uns aus dem Verborgenen angreift.

Wer hätte gedacht, dass wir auf zwei Großdämonen stoßen würden?

Diese Schwerter ...

Halt, zwei Dämonen?

Das dürfte selbst für Himmel und die anderen schwierig werden.

Meiner Magiewahrnehmung zufolge ...

Irgendetwas stimmt hier nicht.

FRIEREN
NACH DEM ENDE DER REISE

altraverse

Deutsche Ausgabe / German Edition
Altraverse GmbH – Hamburg 2024
Aus dem Japanischen von Jan Lukas Kuhn

SOSO NO FRIEREN Vol. 12 by Kanehito YAMADA, Tsukasa ABE
© 2020 Kanehito YAMADA, Tsukasa ABE
All rights reserved.
Original Japanese edition published by SHOGAKUKAN.
German translation rights in Germany, Austria and German-speaking Switzerland
arranged with SHOGAKUKAN through VME PLB SAS.

Redaktion: Johannes Marschallek
Herstellung: Marilis Pästel
Lettering: Vibrant Publishing Studio

Druck: Nørhaven A/S, Viborg
Printed in Denmark

Alle deutschen Rechte vorbehalten.
ISBN 978-3-7539-2543-1
2. Auflage 2024

www.altraverse.de